AF252546

ÉPITRE

A

MINETTE.

*Par M. C***.*

A PARIS;

Chez CHARPENTIER, Libraire, Quai
des Augustins, à l'entrée de la rue du
Hurepoix, à S. Chrysostôme.

MDCCLXII.

ÉPITRE

A

MINETTE.

CEſſez vos jeux, Minette, & m'écoutez.
Je hais en vous l'abus de mes bontés.
Toujours mutine, étourdie & légere,
Minette enfin me deviendra moins chere.
Votre air prévient, mais pourquoi cachez-
    vous
Un cœur crüel ſous des dehors ſi doux ?
Pourquoi ſur-tout ces pattes veloutées,
Mais en deſſous de griffes ergotées,
Tirant leurs traits de leurs petits carquois,
De coups ſubits frappent-elles mes doigts ?

Vous déchirez la main qui vous careffe.
Je ne veux plus que ma lâche foibleffe
Nouriffe en vous ces fentimens ingrats.
Vous me direz (car que ne dit-on pas
Pour déguifer un naturel infâme ?
Souvent l'efprit eft le vernis de l'ame.
Il en devient l'apologifte ; mais
L'efprit eft faux quand le cœur eft mauvais.)
Vous me direz que c'eft à la nature
Qu'il faut s'en prendre, & qu'après tout l'ar-
     mure,
Dont j'ai fi bien l'empreinte fur ma peau,
Ne doit rouiller au fond de fon foureau;
Qu'à fon emploi chaque être fe réfigne,
Que le Chien mord , que le Chat égra-
     tigne ;
D'où concluez qu'il eft de vos deftins
D'égratigner & qu'à tort je me plains.
    D'un cœur gâté telle eft l'inconféquence.
Griffes n'avez que pour votre défenfe.
N'attaquez point, mais, défendez-vous, foit;
Il ne faut même abufer de ce droit.

N'avons-nous pas, ainſi que votre eſpéce,
Entre nos mains quelqu'arme vengereſſe ?
Quoi ! penſez - vous qu'au milieu des tra-
  vers,
Dont par malheur abonde l'Univers,
Il ne ſoit pas des momens où la bile
N'échauffe, enfin, l'ame la plus tranquille ?
Mais, croyez-moi, le plus ſage en ce cas
Garde ſon flegme & ſoupire tout bas.

  Oh ! ſi chacun, ne ſuivant que ſa guiſe,
Imputant tout à l'humaine ſottiſe,
Ainſi que vous étoit abandonné
Au fol inſtinct dont il eſt dominé,
Si l'on pouvoit rompre toute meſure,
Verſer le fiel de l'amére cenſure,
Venger ſon cœur, & traiter ici-bas
Les ſots, ainſi que vous traitez les rats,
Répondez-moi, penſez-vous que moi-même,
(Moi qui ſuis bon, puiſqu'enfin je vous ai-
  me,)
Oui, répondez, dites-moi, penſez-vous
Qu'environné de critiques jaloux,

Je ne pourrois comme eux plein d'amertume,
A son caprice abandonner ma plume,
Et des bons mots empruntant le secours,
Empoisonner & mes vers & leurs jours?

Graces aux soins qui, depuis mon enfance,
ont de mes sens dompté la violence,
Toujours battu, mais bercé par les flots,
Je ris en paix de l'orage & des sots.
Leurs plats écrits, leurs cabales, leurs ligues,
Le nœud secret de leurs sourdes intrigues,
Ces comités, ces soupers clandestins,
Où ces Messieurs vont régler nos destins,
Où de Comus l'irritante fumée
Excite encor leur langue envenimée,
Où dans l'accès de leur double appétit,
A belles dents ils déchirent l'esprit,
De ces bouffons les fades parodies,
De leurs recueils les plattes rapsodies,
De ces pédans l'insipide butin,
Leur vain sçavoir, leur grec & leur latin,
Tout ce qu'enfin leur étroite cervelle
Contient de faux en sottise réelle;

Le noir venin, le fiel de leurs écrits,
N'excite en moi que le plus froid mépris.
   Mais cependant l'Abeille courroucée
A la vengeance est quelquefois forcée.
Lorsqu'elle va pomper le suc des fleurs,
Et du matin mettre à profit les pleurs,
Souvent un sot qui la suit à la trace,
Dans ses travaux l'interrompt & l'agace.
L'Abeille alors prend l'humeur du Frélon,
Sur l'importun darde son aiguillon,
Et dans un coin bientôt notre imbécille,
Triste & confus maudit le volatille.
L'heureuse Abeille (il eût du le sçavoir)
Reçut du ciel un double réservoir :
L'un est rempli de l'utile rosée
Qu'au sein des fleurs son adresse a puisée,
De ce nectar si bienfaisant, si doux,
Dont elle fait le partage avec nous.
L'autre est rempli de ce cuisant acide,
Dont l'agresseur sent le venin perfide,
Poisons qu'elle a ramassés & cueillis
Egalement sur la rose & le lis;

A iv

Car à mon fot je dois encore dire
Qu'autour de nous tout être qui refpire,
Que l'animal , l'homme & les végétaux
Ont le principe & des biens & des maux ,
Et qu'en ce point l'imprudent & le fage
Sçavent en faire un différent ufage :
Où l'un choifit l'amertume & le fiel ,
L'autre diftingue , & fçait trouver le miel :
Et c'eft ainfi qu'au monde fublunaire
Il n'eft de mal que le mal qu'on fait faire.
　　Quoi ! dans le tems où j'ufe mes efprits
A raifonner , à polir mes écrits ,
Un impudent qui n'a d'autre mérite
Que le levain de fa bile maudite ,
Et qui femblable aux reptiles obfcurs ,
Dans un recoin vomit fes fucs impurs ,
Un vil Zoïle ofera dans fa rage
Secrettement déchirer mon ouvrage ,
Et , fur mes vers diftillant fes poifons ,
Mettre en bons mots de mauvaifes raifons !
On me dira que dans fa cotterie,
Pouffant plus loin fa baffe effronterie,

Par quelques fots fottement écouté,
Il n'eft talent qu'il ne m'ait difputé,
Qu'il ofe plus, que dans ces rimes même
Où j'ai chanté tout ce que mon cœur aime,
Où j'ai chanté ma patrie & mon Roi,
Où j'ai dépeint tout bon François & moi,
On me dira que fa haine infenfée,
Dénaturant le ftile & la penfée,
Sur quelques mots interprêtés exprès,
Aura voulu qu'on me fit mon procès!
Je le fçaurai! je verrai fes cabales!
Et, froid témoin de ces ligues fatales,
Je laifferois fa coupable fureur
Calomnier mon efprit & mon cœur!

    Non, mon dépit auffi-tôt fe réveille.
Lâches, craignez l'aiguillon de l'Abeille.
Craignez du moins qu'armé de mes crayons,
Du jour fur vous raffemblant les rayons,
Je ne vous peigne & faffe reconnoître
Sous des couleurs trop fidéles peut-être.
Jufqu'à ce jour ma facile bonté
A pû fouffrir votre importunité.

Vous m'avez cru foible & pufillanime,
Mais votre humeur ofe aller jufqu'au crime,
Et toute entiere à fes emportemens
De mes écrits paffe à mes fentimens !
Ah ! fi... mais non... Que la nuit la plus fom-
    bre
Vous enveloppe encore de fon ombre !
Ai-je befoin d'ôter à la laideur
Le plâtre ufé de fon mafque impofteur ?
A nos regards de lui-même il s'entr'ouvre,
Et, malgré vous, l'œil public vous décou-
    vre.
Ma Mufe ainfi renferme fes pinceaux.
J'attends encor des outrages nouveaux.
Mon cœur fenfible, & que le vôtre offenfe,
Vous hait, mais moins qu'il ne hait la ven-
    geance.
Tout efprit doux fe borne à ménacer;
Le glaive eft prêt, mais il craint de bleffer.
    Hé, plût aux Dieux que dans l'âge où nous
    fommes,
L'aménité rapprochant tous les hommes,

Unît les cœurs, les talens & les arts,
Sçut émouffer la pointe de ces dards
Que des humains la fureur infenfée
Lance aujourd'hui jufqu'au fein du Licée !
  Qui penferoit à voir ces dêmelés,
Ces longs débats toujours renouvellés,
Ces noirs factums, ces brochures cruelles,
Ces manteaux courts, colporteurs de libelles,
Ce vil effain d'infectes bourdonnans,
Nés dans la fange, emportés par les vents,
Qui des marais dont ils viennent d'éclorre,
Vont ravager les richeffes de Flore,
Vont dépofer fur les fruits de l'été
Ces œufs féconds, dont le germe infecté
Fait pulluler tant d'immenfes familles
De vers rongeurs & d'infâmes chenilles ;
Qui penferoit qu'au milieu des rumeurs,
Des mouvemens, des ligues, des horreurs
Dont eft troublé le monde littéraire,
Qui penferoit, dis-je, qu'en cette guerre
Il ne s'agît entre tant de rivaux,
Que d'un laurier, d'infructueux rameaux,

D'un faux encens qui s'exhale en fumée ,
Et d'un vain bruit qu'on nomme renommée?
   Je vois par-tout avec l'acharnement
Regner la haine & le dénigrement :
Les froids bons mots , l'infipide ironie ,
Verfent leur fiel fur les fruits du génie.
Dès qu'un ouvrage au grand jour a paru
Dans les Caffés , le Critique accourru
Sonne l'allarme , affemble ces pigmées ,
Ces légions de longs fifflets armées ,
Qui ne fçachant ni fentir , ni parler ,
De leurs poulmons fçavent du moins fouffler
Dans ces tuyaux qu'une lâche induftrie
A fait fervir d'organes à l'envie.
Au milieu d'eux leur chef déshonoré ,
Couvert d'opprobre , à la honte livré ,
Au noir tamis de la lente analyfe ,
Paffe l'écrit qu'il déchire & méprife.
Bientôt le prifme & le compas en main ,
Pour réfultat de fon trifte examen ,
Il ne voit plus dans l'œuvre qu'il cenfure
Qu'un rien pompeux fardé d'enluminure.

Sur cet arrêt par fa bouche rendu,
De fes fuppôts l'efcadron répandu
Va par des cris, de folles incartades,
Renouveller les fureurs des Ménades.
Du Dieu de l'Inde on croit revoir les jeux ;
Précipitée à flots impétueux,
L'horrible Orgie, au combat échauffée,
Met en lambeaux le malheureux Orphée.

Vous en pleurez, Meffieurs les beaux efprits,
Mais vainement. Dans vos propres écrits
De ces excès vous donnez des modéles.
Tant d'ignorans, témoins de vos querelles,
Lancent fur vous les traits envénimés,
Les mêmes traits dont vos bras font armés.
N'eft-ce pas vous qui tenez à vos gages
Ces embrions, ces petits perfonnages,
De tout mérite ardents perfécuteurs,
Intrus par vous au monde des auteurs ?
Vous excitez les cris de la cabale.
Redoutez-vous une Mufe rivale ?
A fa pourfuite alors vous envoyez
Tous ces roquets par qui font aboyés

Les candidats, les nourriçons du Pinde.
Du double mont où son esprit se guinde,
Vous détournez son vol & son essor.
Dans vos noirceurs vous faites plus encor :
Vous répandez sur ce timide émule
L'aigre sarcasme avec le ridicule.
Ses vers par vous mutilés, travestis,
A leurs lecteurs n'offrent qu'un cliquetis
De mots sans ordre & de phrases usées,
Sous un vernis vainement déguisées.
Tel est surtout l'art de nos prosateurs :
De nos tableaux ils ôtent les couleurs,
Laissent le trait & privent le génie
De cet éclat qu'il tient de l'harmonie.
Ils n'aiment point ces nobles fictions,
Ce mouvement, ce jeu des passions,
Ces traits hardis, ces fougues téméraires,
Du vrai Poëte élans involontaires.
Ils n'aiment point ces mots de qui le choix,
De qui les sons arrondis par la voix,
En chatouillant notre oreille charmée,
Donnent la vie à l'image exprimée.

Tout ce brillant que leur morque profcrit ,
N'eſt qu'un phofphore , un éclat de l'efprit.
Ils aiment mieux une profe toifée ,
Où la raifon lourde & fymetrifée ,
Ne peignant rien , mais définiſſant tout ,
S'appéfantit , & differte fans goût.

Auſſi voit-on tout rimeur fubalterne
Fêté par eux fur le Pinde moderne.
Voila leur aigle : il a rimé, dit-on ,
Rimé Séneque , Ariftote & Platon.
Il eſt bien vrai que fa docte Minerve
En vains détails fe morfond & s'énerve.
L'inverfion, toujours hors de propos ,
Brouille en fes vers l'arrangement des mots.
Sa Mufe enfin de graces dépouillée ,
Dans fes contours toujours entortillée ,
Comme un reptile au travers des taillis ,
Peniblement fe traîne à longs replis.
Mais il n'importe ; on trouve dans fes rimes
L'empois du grand , ces devifes fublimes ,
Ces riens pompeux , ces recherches du cœur ,
Et des pédans la fombre profondeur.

Ce Protégé dans leur troupe s'aggrege,
Voila mon sot fier de ce privilége,
Qui, régentant l'école d'Apollon,
Regarde tout du haut de sa raison.
Il est gonflé du fiel de la satire.
Fourbe, hypocrite, adroit dans l'art de nuire,
Il sçait cacher son esprit médisant
Sous la saillie & sous un ton plaisant.
Mais sa gaieté n'est que grimace vaine ;
Son rire affreux est celui de la haine.
Enfin il a pour talent singulier
Un art honteux, l'art de parodier.
Talent commun, sans verve & sans sublime !
   Qu'il me réponde ! a-t-il autant d'estime
Pour ce Scarron, ce bizarre Callot,
Dont le burin & dont l'esprit fallot
Ont surchargé leurs peintures comiques
D'êtres tortus, de formes fantastiques,
D'Anges proscrits en magots fagotés,
De noirs démons sur des monstres portés,
Qui, se coëffant du capuchon d'un Moine,
Tentent la foi du solitaire Antoine ;

Eſtime-t-il l'un & l'autre bouffon
Au même point qu'un Correge, un Milton,
Eux dont la touche & vigoureuſe & pure
Des traits de l'art embellit la nature ?

    Les faux plaiſans, les diſeurs de bons mots,
Par leur jargon n'en impoſent qu'aux ſots.
Un vers heureux dicté par le génie
Vaut tout le ſel de leur plate ironie.
Par un eſprit équitable & ſenſé,
L'eſprit d'autrui n'eſt jamais rabaiſſé,
Et du railleur la ſtérile éloquence
Eſt moins en lui talent qu'inſuffiſance.
Mais..... Finiſſez ! quoi ! Minette pourſuit !
De mes leçons eſt-ce donc là le fruit ?
Ceſſez, vous dis-je, où ces griffes cachées
Par le ciſeau vont être retranchées.
Imitez-moi ; j'aurois pu demaſquer
Tant d'importuns ardens à m'attaquer.
De leur cabale éclairant les manœuvres,
Montrant leurs fronts où ſifflent les couleuvres,
J'aurois ſur eux fait retomber les traits
Qu'ils m'ont lancés par des reſſorts ſecrets.

J'ai dédaigné cette juste vengeance.
Enfin, Minette, imitez ma prudence,
Et, désormais tranquille à mes côtés,
Bornant le cours de vos jeux detestés,
Souvenez-vous que le pouvoir de nuire
Est étendu, mais qu'il faut le réduire ;
Et qu'il vaut mieux être par sa douceur
Dupe d'autrui que méchant par humeur.

F I N.

De l'Imprimerie d'Antoine Boudet,
Imprimeur du Roi.